詩集
光の四季

渋谷晴雄
Haruo Shibuya

生長の家

目次

I　詩集　光の四季　11

開花

合掌

光の国から

聖家族

四季

こころに映るもの

II　詩作の世界へ

本文イラスト――著者
装画――押金美和

I

詩集　光の四季

向日葵《ひまわり》

わたしは
いつも光にむかって開く
あの
日時計のように
明るいことば
よろこびの声
そして炎《も》える情熱を

花咲かす
わたしを支える
大いなるいのち
それは
太陽とひとつのいのちだ
地上のすべてを生かす
大いなる愛とひとつのいのちだ

開花

開花

この一本のばらの木
幾つかあるつぼみは
見えない中心にむかっているようにも
逆に　中心から放射されているようにも
見える

つぼみのなかの
幽《かす》かな暗さが
やがて　ふくらみはじめる

ひとつひとつのつぼみは
目覚めを待つ　幼い魂のようだ

が　とつぜん開花の瞬間が来る
それは　神との一体を識《し》った
聖なるよろこびの恍惚《こうこつ》の時だ

今
太陽はやさしく話しかけ
金いろの蜜蜂たちは
耳もとに口を寄せて歌う

花ひらく

幽《かす》かな暗さのうちにふくらみはじめたものが
ある匂やかな予感のなかから
とつぜん
真昼のまぶしさのなかに　ひらかれている
はじめてのものが
なぜこのように親しいのか
目をひらいて　おどろいている頬のあたり
金いろの蜜蜂がうなる
愛されていることの意味を知る

太陽にかざす　扇のように
花は　幾重にも　祝福の瞼《まぶた》をひらく

水芭蕉《みずばしょう》

このまっ白い清らかさ
光と風に洗われ
合掌のかたちに
身を捧げている

人里はなれた自然
のみが生みだすこの
造化の傑作を
わたしたちは

いつまでも失ってはならない
自然のかなでる
讃歌を
ききとる耳を失ってはならない

あじさい

梅雨《つゆ》の雨が降っている
垣根のそばに
あじさいが
おおきな毬《まり》をつくって咲いている
青い色、紫の色、花にはいろいろのグラデーションがある
花は
いま顔を洗ったように
新鮮だ
私は

息をひそめて
この静けさをこわさないようにして
通り過ぎた

花

窓にちかく
花瓶に活けた
白い百合の花がある
フリージャの花がある

ぼくは
ながいこと
花をみつめている
(花のコトバを聴こうとして)

ふと
そこにぼくがいなくなる
すると
花は
部屋いっぱいによろこびをひろげる
花のコトバで話しはじめる

（花はぼくを大好きだという）

菊

眠りからさめるときのように
閉じた瞼《まぶた》に
暖かい陽ざしのようなもの
開こうとして
ふとそれを忘れたとき
水面に浮き上るように
菊は　開いてしまう

蝶がきて

息をこらしたように　とまる
そのあたり　いま
あたらしい本の
頁を開いたように　明るい

朝顔

朝は　ふしぎなひととき
光が
小さな宝石をきらめかし
神々の
囁《ささや》きがあふれる
わたしは
耳をすまして
この神秘な音楽をきく

やがて　わたしは
若いラッパとなって
このよろこびを
伝道する

福寿草

背をのばし　かじかんだ手をひらけ
子どもたちみんな元気にはしれ

窓ちかく開く
この福寿草のあたたかさ
季節に負けず
金いろの光をいっぱい集めている
子どもたちみんな大きくすこやかに育て

よく見れば
ほほえむように
いのちのふしぎさがいきづいている

薔薇《ばら》

ピアノの上の
青磁の壺が支える
重なりあった緑の葉むら——
そこから
明るさのなかに
なにか大切なものを捧げ持つ姿で
花は　二つ三つ
開いている

真昼
窓からは
濃い青空の横顔

いま
部屋は
静かな光の祭りのようだ

リンゴ

硝子《ガラス》の皿に載って
二つのリンゴが
在る
わずかに　光を吸い
光を反射している
紅《あか》と緑と黄と
微妙な色彩のうつりかわり

遠くから来たもののように
ここに在るもの

それはひとつの祝福だ
完成された作品のような
この天の贈りものを
私はしばらく掌《て》の上に乗せてみる……

短詩三章

I

花屋さんの店先を歩くと
こころがあかるくなります
それは美しい花のせいばかりではありません
人に贈りものをする人の愛が
キラキラ輝いているからです

II

花屋さんのウインドーには
色とりどりの世界の花が
いっぱいです
飛行機で来たばかりの
花の貴夫人たちの
国際会議が　はなやかです

III

立ちどまって
夕焼けを見たことがありますか

空いっぱいに吹き鳴らされる
光の吹奏楽です
パレットいっぱい　色をばらまいて
いま　自然はフィナーレを演奏しています

むらさきつゆくさ

通りかかった家の塀から噴きこぼれるように
あおいむらさきつゆくさが
ひかりかがやいている
その色はまるで発光しているようだ
わたしは
この光に吸い込まれて未知の世界に入ってゆく

拒む

ふと車窓《まど》から見ると
夕映えを背に
富士山が　ずばり
その全容を見せている
息をのむような稜線《りょうせん》の幽美さ
それは　ひとが
両手に紐を持って垂らした曲線だという
北斎の描いた富士

龍三郎の描いた富士
富士は　画家をひきつけて放さない

いま　富士は
その気品ある姿をすべて露《あ》らわにしながら
なぜか　視線をはげしく拒んでいるようだ

ぼくが所有する……

ぼくが所有する
この緑の空間
いちめんに牧草の野原がひろがる
視野のむこうに
ひょろ長い楡《にれ》の木と
いくつかの山羊の群と

ぼくは
明るい空の下

風景のなかの一点になるが
ふと　ぼく自身
この大きな画面をつつむ
見えない額縁のような気になる
やがて　ぼくのなかを
色づいた夕暮の雲がながれる……

林のなかで……

落葉木《おちばぎ》の林は　日ごとあかるくなり
冷たい陽の光が　下草まで届く

ぼくは　茸《きのこ》とりの踏みあとをたどって
斜面の渓《たに》の方に降りていく

林のなかのところどころ
朱色に炎《も》える　うるしの葉を避けて通る

やがてくる　雪を呼ぶように
芒《すすき》が　白い炎になって　手招きしている

気がつくと　ぼくのセーターの肩先に
蝶のように　黄葉《もみじ》が一枚とまっている

夕ぐれ　色づいた空気のなかを
鳥が　小石のように　落ちていく……

森のなか

森のなかを
小径《こみち》がつづいている
径がとぎれそうになって
ふいに明るい草地にでた
耳をすますと
だれか大きな声で呼んでいるようだ
しかし　きこえるのは蜜蜂と羽虫の音——

ふと空を見上げる

が　わたしは
空から見下ろされているような気になってくる
やさしい眼《ま》なざしに見つめられ
わたしは　そよ風がからだを通りぬけるように感じる
わたしは　草や　切株や　バッタといっしょに
のびのびと　そこにいる
あたりは　童話風な空間になってしまったのだ

森

あるとき
欅《けやき》の木が
いのちの噴水のように
若葉の枝をひろげていた

見ていたわたしも
樹木の幹のように
立ったまま
枝葉をひろげていた

そこにある
ペンキのはげたベンチも
クローバの草地も
小径《こみち》も
みんな　わたしとひとつ――
ふしぎないのちにつつまれていた

池

水の面《おもて》に垂れている
藤の花房
わたしは　手をのばす
が　わずかに届かない

わたしは　ふと
傾いた水差《みずさし》のような形で
ためらう

青空が見える
雨あがりの雲は
池の面を
静かに拭いているようだ

釣る人

静山荘にて

窓から見る
宇治川は
清らかでゆたかな流れ
その岸に
釣り糸をたれている人を見る
そのあたり
流れのない止水に
小さいウキがうかんでいる
いつまでも動かないその人は

何を釣っているのか
まぶしい光につつまれ
水のうえ
雲のかたちで
永遠が影を投げている

浮子《うき》

静かな流れのなかに
ぼくは　見えない手で投げこまれた
水の面《おもて》は　おどろいたように
音を立てたが
やがて　同心の環をつくり
静まった
まぶしい
ぼくは　白い浮子《うき》になって
浮かんでいる

下からおもりに支えられ
眼を閉じて
ぼくは　この大きなものに
身をまかせる
耳もとに　白い雲がくる
ぼくは
ほんとうに　空に浮かんでいるのだ

飛翔

鳥だけが所有する空間を
鳥はとぶ
鳥は　自らを未来に投げる
もといたところに　彼はすでにいない
突き当ることが
唯一つの彼の認識行為だ

張られた翼に感じられるいのちの悦び
彼のうしろに緑地がうまれ

葡萄《ぶどう》いろの雲が　彼をむかえる
何という生のひろさだ
掌《てのひら》のような野原や
伸ばした腕のかたちの海岸線
いま
彼はのびのびと自らの歌をうたっていく

山

窓から景色を眺めるように
ぼくは　ときおり
心のなかにそびえ立つ　山を見る
ふだんは　麓《ふもと》ちかく　なだらかな緑の斜面や
名前を知らない樹や花などを見る
小道を通りかかる人に　あいさつをする

しかし　ぼくは　時として
この山のいただきを見極めようとするはげしい思いに駆られる

だが　いくら目をひらいても　雪や霧がさえぎって
見えたためしはない

あるとき
深い祈りのなかで
光のように　山の姿がひらめいたが
そのあと　深い　沈黙が訪れ
いただきはいっそう身を隠すのだ

朝

1

樹木の緑が
中心から光を放射する　炎のようだ
小さい草花や　うまごやし　スカンポなど
つぶらな瞳を
いっぱいあけて
おはよう　おはようとぼくに言う
《うれしさで身体を揺《ゆす》っている》
水玉が
虹にきらめく

その　ひとつ　ひとつのなかに
ぼくがいる
ああ　ぼくは
ぼく自身知らない讃歌が溢《あふ》れこぼれる
光いっぱいの噴水になっている

公園にて　1

ぼくは永いこと草に横たわっていた
草の穂が　耳をくすぐる
牧草《クローバ》の香り
蜜蜂のうなり
やがて　ぼくは大地になってしまったような気になる
腕をあげると　それが幹になり
枝がうまれ
花が咲いているような感じ
目をひらくと

はるか　巻き雲が流れている

ぼくのまえにある百日紅《さるすべり》の木も
その葉に巣をかけているクモも
そこらにあるものすべてが
なにか　ふしぎにやさしい力に支えられているのを感ずる

帰省

街の尽きるところで
バスを降りて
その道をまがると
急にひろびろと視界がひらける
雪の山が近く見える
青空を背に　雲が流れていく
渓流の音がきこえる
わたしは　そこで
いつも洗われるようなすがしさを感ずる

きょう
わたしはそこで立ち止まって
大きく息を吸った
すると
風景がいっせいに近寄ってきて
ひろがったわたしの胸のなかに
そのまま入ってしまうのだ

おしゃべり

参道は　池をめぐってつづいている
歩いているぼくを
もう一人のぼくが見つめている
そんな気持で静かに歩いて行く
空気のいい匂いを感ずる

向うからくる人の顔にも
池の向うの樹木にも
光があふれている

小さいよろこびの花がいっぱい咲いているように

ぼくは
眼帯を外したあとのように
この新鮮な風物におどろく
はじめて見るものたちの
ふしぎなおしゃべりをきいている

ある日とつぜん

こんなところに
雑草がぼうぼう生えている空地がある

揺れさだまらない
すすきの穂にきて
とまるのを　ふとためらっている赤トンボ

都会の
材木置場の忘れられた秋

ここからは
ほんものの青空も覗《のぞ》ける
子供たちのキャッチボールも見れる
コスモスまで咲いている

この空地に
ある日とつぜん　見知らぬ人が来た
測量が行なわれた
そして　ブルドーザーが入った

この空地の長老だった
一本の欅《けやき》が切り倒された

この欅の葬式に
参加したのは　わたしのほかは
羽虫や　みみずや　小さなクモたちだった

合掌

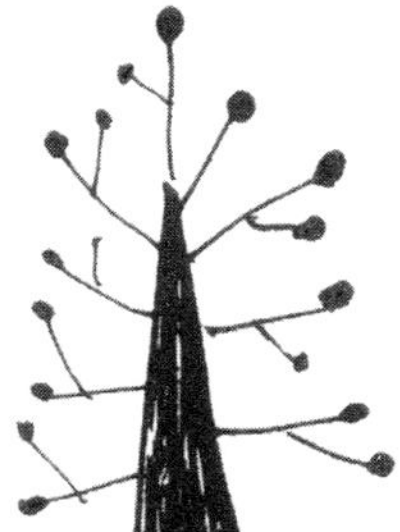

噴水　1

眼を閉じて合掌していると
いつのまにか私は噴水になっていたのです
透明な輝くものが
私からゆたかにきらめいて流れ出るのです
流れ出れば出るほど
私はゆたかにひろがってゆくのです
私を中心にして　水紋のような同心円が
どこまでも　どこまでもひろがってゆくのです
その向うに街があったり　森があったりします

なんという幸福でしょう
私は　幸福とは外から与えられるものだと思っていました
しかし幸福は　内から湧き出し　溢《あふ》れ　ひろがるものでした

そのときふと私は　私を支えるあたたかい大きな掌《て》のようなものを感じました
大きな合掌のようなものに私は支えられていました
それは私の幻想だったのでしょうか
私にはどうしてもそうは思われないはげしい喜びがあったのです

み佛《ほとけ》に寄せて

南郷観音堂　聖観音菩薩立像

仄暗《ほのぐら》い空間に　ひっそり立っているみ佛
み佛は木目もあらわに
なかば毀《こわ》れかけた姿で　立っている

平安時代から現代へ
千年の時の重みに耐えて
いつまでも端正な姿で　立っている

それは手招きするように

私たちにさしのべられている
遠くからの　ふしぎな声のようだ

気がつくと
み佛がつくりだすもうひとつの空間に
私たちは　やさしく抱えられている

ひろがる光のさざ波のような
み佛の眼《ま》なざしに　全身を洗われて……

春の海 1　大村湾を行く

空港をでて右にまがると
まぶしい海が展《ひら》けている
海は
仰向いてひるねをしている
船は
バターを切るナイフのように進む
ときおりねがえりをうつ
そして静かに宮城道雄の「春の海」をかなでる
そういえば

このあたりの海は「琴の海」という
やがて総本山の「七つの灯台」が見えてくる
いちめんの波は
神をたたえる光の唇《くちびる》となる——

熱帯魚

《おかあさん　みてごらん
熱帯魚だよ――
神さまって　……ほんとうにすばらしいね》

それは一九七三年
谷口雅春先生の沖縄ご巡錫《じゅんしゃく》のとき
宮古島のホテルのロビーで
輝子奥さまに言われた言葉です――
お二人は　じっと永いこと水槽を見ておられました

一九九一年
ブラジル　サン・パウロの
ふとした店の　熱帯魚の水槽の前に立って
谷口雅春先生のこのお言葉が
ほんものの熱帯魚のように
私の心のなかを
ひらひら光って　泳いでいるのです

金木犀《きんもくせい》

そのひとは
金木犀のようなひとだった
あまいいい香りがただよってくる
どこからか　とふりかえって
やっと　あそこの金木犀だと気づく

そのひとがいるだけで
部屋は陽だまりのような明るさ
けれども　そのひとはひかえめで

ただしずかに微笑《わら》っている

部屋にいないとおもうと
履物《はきもの》をなおしていたり
そのお宅の軒先を掃いていたり

誌友会場は
そのひとがいるだけで
ほんとうに　いい香りがあふれるようだ

合掌

総本山顕斎殿の秋

顕斎殿《けんさいでん》のむこう
空はまだあかるく
金星だけが　かがやいている
まわりの山々は　すでに黒い影絵——

道元禅師は
谿声山色《けいせいさんしょく》を仏の大説法と教示されたが
ここ
せせらぎと風の音とが

ただごとでないひびきを伝えてくる

私を取りまくすべてのものが
きよらかな美しさと荘厳な姿を現わす
私は　身と心が　洗われていくのを感ずる

ありがたい世界に生かされている
このありがたさを
いつか私は　合掌のうちに　かみしめている――

奥津城《おくつき》参拝

総本山団体参拝練成会にて

谷口雅春大聖師の奥津城にぬかずき
われら聖経を読誦《とくじゅ》する
夜はまだ明けきらぬ空に
白い雲が流れ　星がまたたいている
いっしんに聖経を読誦していると
朗々とひびく聖経の言葉が
ひろいひろい虚空《こくう》にひろがっていく
言葉は　そのまま名状《めいじょう》しがたいひびきとなり
気がつくと　そこにある大地　草　樹木　そして存在するすべてのものが

言葉とひとつになっている
今此処《ここ》　不思議な世界の現成《げんじょう》を見る
われらひとりひとりも　真理そのものとなってきらめいている
すべてがすべてを拝み　合掌し合っている
いま　この尊いいのちのひろがりとひとつの　おのれ自らを知る

新生のよろこび

練成会にて

《わたしは　生長の家にふれて
はじめて生きがいを感じました》
壇上に立つ　黒人青年の目に涙が光る
《わたしはこんなに健康になり
幸せいっぱいになりました》
金髪の婦人は　よろこびに顔を輝かせる
《これからは　神様のお役に立つよう

愛行に励みます》
胸張って決意発表する人々の長い列――

ここ　祝福あふれるブラジル
いま　神のみ愛は　サンサンと降る太陽のように
すべての参加者の心に　光をみたす……

練成道場にて

ブラジル・イビウーナ

ムイト　オブリガード・ムイト　オブリガード
（ありがとうございます）

会う人ごとにニコニコ笑って
合掌する　握手する
そして抱きあってあいさつする

色の黒い人も赤い人も　茶色の人も　白い人も
背の高い人も　横に太った人も

若い人も　年とった人も
そこに人種の差別なく
神の子のよろこびの声がひびきあう
緑いちめんの聖なる神の庭に
きょうも
たくさんの神の子たちが誕生している

ナタウの海

ここはブラジル北東部の端にあるナタウ
赤道下の三十度Cを超す暑さ
砂浜に横たわるぼくは
オーブンのなかのパンのように
こころよく焼けていく

《神光あれ、と言い給いければ光ありき》
ここは光の国
海も空も大地も光でつくられている

海のむこうはアフリカ
ブラックソンのガーナ
象牙海岸のアフリカが目の前だ
（目を大きくひらくと見えてきそう）

きょうは神の創造第七日目
ぼくは　創造を終えた神のように
驢馬《ろば》の背に乗って　この天地の間を行くのだ

地球

イビウーナ練成会

朝　青空を仰いで
私はブラジルの国旗を掲げる
並んでいるたくさんのブラジル人の
健康そうな顔にも
さわやかな　秋の風が光る

故郷を礼拝する
思えばわがふるさと日本は足の下だ
地球を貫いて　ちょうど向う側だ

そう　われらは
バレーボールのような地球を
日本とブラジルと
両側からしっかりと挟んで支える
それが　地球を愛する
われらの聖なる使命だ　と知る

クリスマス

サンタ・クロースが
いいものをもってきてくれる　と
信じていたのは
何才まで　だったかしら？
眠っているあいだに
幸せが　やってくる　と

神の子の
誕生を迎えるよろこびは

大人になってからでも
いつも　あるのです

光の国から

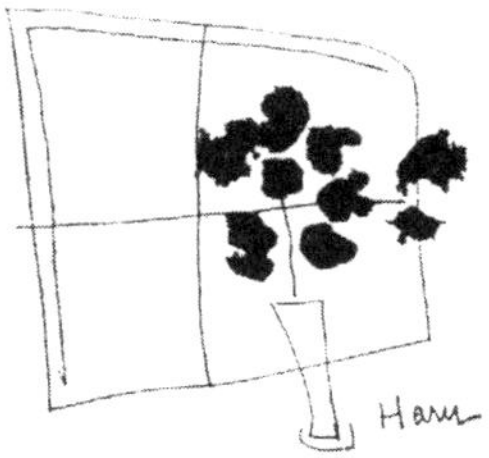

この花の名は

二月――
サンパウロは　街路樹が
いちめん花を咲かせている
濃い紫色の花が　満開だ
毎日　驟雨《シャワー》でシャンプーしているので
晴ればれとした顔を見せている
この花の名を　地元の人にきいたが
みんな知らないという
やっと教えてくれた人はクァレーズマだという

それはキリスト教の四旬節《しじゅんせつ》という意味だ
それは聖灰水曜日から復活祭までの四十日間に咲くからだという
そういえば　その花は
聖なる修道女の微笑のような陰影《かげ》がある――

あるとき　1

ブラジルでは
夫婦は手をつないで歩く
私たち夫婦も
まねをして手を組んであるく
すると
長い間二人で過ごしてきて
いま地球の裏側にきて　二人でいる
妻へのしみじみとした感謝の気持が起る
が　何も言わない　ただ

手のぬくもりを感じている

カンポ・グランデ

ブラジルでは〝すぐそこ〟というと
一〇〇キロも先《さ》きのことだ
〝すぐそこ〟の町まで車で行くが
野原の向うに野原があり
その向うにまた野原がひろがる

道は定規で引いた一直線
周囲にあるのはただ牧場ばかり
牛や馬が太古の姿で草をたべている

〝こんなところに
野生の動物はいますか？〟ときくと
大蛇もいるし、豹（オンサ）もいるという
車窓から見た大きな鳥は
駝鳥《だちょう》の群……
眠ったような自然の大きな横顔を見た……

公園にて　2

ハワイ風景

おおきなバンヤンの根株に腰かけてわたしはひととき　そよ風を浴びる。
風にはプルメリアの匂いがある。
わたしが　黙っていると　わたしのそばに緋《ひ》いろの小鳥――カーディナルが近
よってくる。――
彼女にとって　わたしはバンヤンの樹の一本の枝のように見えるのだろうか。

わたしのなかに祝福が溢《あふ》れてくる。

緑のなかの光と影を　ピョイピョイと跳んでいく彼女をみつめながら、ふと
わたし自身　じつはひそかな羽根をおさめている小鳥のような気がしてくる。

このやわらかな大地の大きな胸のうえ　わたしは自分の美しい歌をきいている。――

魅惑

ホノルルにて

私がふと眼を閉じると、樹木が、花が私に近づく。アメリカネム、レインボーシャワートリー、ハイビスカス、ブーゲンビリア、名前を知らない草花など。私はやすらかな耳のように私を開く。海にむかって。――そよ風を生む扇のように。

そしてそれは蝶。たゆたう光のようにそれは軽く、いま生まれる。
――そう、私は在る。いま。この朝のまぶしさ、すがすがしさ。

私は立つ。爪先立って、まるで時間の壁をよじのぼるように。この大きな顔のような風景の眼差《まなざ》しに魅了されながら……。

光の朝

ハワイ島にて

ぼくの背より高い羊歯《しだ》の
大きな緑の葉を
日照り雨が　打っている
まるで　ピアノを叩く
見えない光の指のように……

パパイヤに　光を絞って食べる
トーストに　光を塗って食べる
ホテルの食卓は

宝石を食べているようだ
あまりに明るさが溢《あふ》れるので
ぼくは　ふと何も見えない
ポリネシヤ人のつくった木の置物のように
部屋の中に　坐っている

ワイキキの雨

あそこに　神さまがいらっしゃる
それが　はっきりわかります

晴れているのに　海の半分に　雨がふっています

かがやく雲のあいだから
雨が　光の束のようにふっています
神さま　それは　あなたの胸もとをかざる

銀のネックレスのようです
あなたの　神々しい美しさに
わたしは　いつまでも　目をみはっています

祝婚歌

ハワイで嫁ぐ人に

ハイビスカスの花
プルメリアの花
ブーゲンビリアの花

あなたは　いくつもの
花環にかこまれ
あなたの　微笑みは
しかし　花より明るい

あたらしい人生は
いま　あなたに
両手をひろげて
清らかな　門《ゲート》をひらく

目を閉じても
そのひとの顔がうかび
黙っていると
いつか　あなたの口もとがほころぶ

あなたの若さは
水々しい　緑の枝のように
青空ひかる

未来にむけて
せいいっぱい　伸びあがる

あなたは　選ばれた
彼に
そして　彼よりももっと大きなものによって

彼と　あなたと
二人はひとつになり
世界は　あなたたちを中心にして
かたく結ばれた

極楽鳥《パラダイスバード》の花は

あなたたちのためにひらき
アントリアムの赤は
あなたたちのために輝く

蜜蜂は
あなたたちのために
甘い蜜をたくわえる

いま
あなたたちは腕を組み
永遠にかわらぬ
愛を誓う

清らかな　歓喜は
天と地に満ち
そのため
あなたの美しい頰は　ほんのり上気する
が　あなたの
やさしい眉のあたり
朝の祝福が
ふしぎな決意のように
きらめいている

目撃者

かつて私はこのように覚めたことがあったろうか。この光のような私の遍在。私が影のなかの椰子《やし》であり、太平洋の信じられないような残照であり、無垢な貝殻であること。私はとおく遙かな雲であり、紺碧《こんぺき》の青さが私そのものであること。

私は遠くから帰ってきた幼な児のような私自身を見返る、愛する者への母の目《ま》なざしで。

いま世界が始まる。波々は金いろに炎《も》え、私はこの聖なる出来事の唯《ただ》一人の目撃者。いま展開されるものの豊かさと多様さ。叙述を笑殺して雲の合間から光が大きなシンバルを叩く……。

聖家族

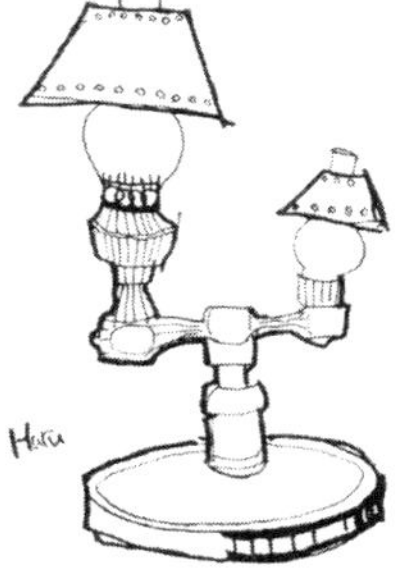

聖家族

こわれた椅子や　古いアルバムなど
乱雑なままに　物置のようになっている
心のなかの　ひとつの部屋

ある日　ぼくは思い切って大掃除をする
ホコリをはたく　窓を開ける
床をぞうきんで　ふく
古いかなしみやいかりも陽にさらす
机の上に　椿の一輪《いちりん》挿《ざ》しをおく

すると
この新しく綺麗になった部屋へ
子供たちや妻が　入ってくる
それが
泰西《たいせい》名画の聖家族のように
じっさい　一人一人後光《ごこう》がかがやいて見えるのだ

朝　2

朝窓を開くように
心の窓を　開きましょう

《おはよう》《おはようございます》
子供が　妻が　いてくれることが
こんなにうれしい
ふと　涙がこみあげてくるのです

みんな輝いてみえます

庭から　樹々の葉のあいさつが
風のように
あなたの素肌に　しみこんできます

母と子

母が読んできかせ
坊やがならんできいている

よく風のくるえんがわ
二人でお父さんを待っている

ごらん　空いちめんの夕映え
坊やの頬も炎《も》えているよう　――そして
雲は　信じられぬほどのたたずまい

坊やは見つける　空のまうえ
みどりの涼しい　あれは一ばん星——

ゆるやかに暮れなずむ空
やがて　雲は蒼《あお》ざめるだろう
そして　森のうえ　坊やの眠りのうえ
おおきい　メロンの月がでるだろう

ひととき

母のうたえる

愛していても
それを表わさなければ
愛していないことと同じだという
けれども
おまえがいてくれるだけで
わたしは幸せだ　と
言おうとして
ふと　わたしは口ごもってしまう

だから
わたしは　黙って
おまえにお茶をいれる
ゆっくり　心をこめて——

わたしが　こんなに幸せだと
おまえは　とうていわからないだろう
朝の光につつまれて
わたしは　黙って
おまえに　お茶をいれている——

秋の親子

母が子に　話してきかせる
「これ　ごらん　もみじよ
きれいでしょう
このスジを葉脈っていうの
どれもみな同じ姿をしていて
同じものはひとつもないのよ」

母と子と

光につつまれて
神様の手紙を読んでいます

ふしぎ

まい朝　目が覚めるふしぎ
今日も　げんきに　生きているふしぎ
青い空を　雲が流れていくふしぎ

妻や　子供たちと話をしているふしぎ
このふしぎに
熱いものが　こみあげてくる　ふしぎ――

四季

ふきのとう

北国にて

雪のなかで
ふきのとうを見つけた
雪を割って
頭をもたげている
力づよい　小さなみどりのいのち――
きょう
これを都会へのおみやげにしよう
朝味噌汁に放すと
口いっぱい　ぱあっとひろがる

ほろにがい　春を味わおう

櫻《さくら》

I

櫻の
開花予想が
気象庁から出されました
開花予想を聞いていますと
私たちの心の中にも
櫻の花が咲くようです

II

櫻の咲く頃になると
人はよく　もの忘れをします
櫻の花も
咲こうとする努力を
ふと　忘れたときに
花を開くのかもしれません

春

きょう街は春になった
長い睫毛《まつげ》やふくらんだ口もとに
光は蜜蜂のようにはずむ
少女たちの　桜いろの耳のそばで
オレンジジュースが終ると
溢《あふ》れるような時間がぼくに言いよる

竜舌蘭《りゅうぜつらん》の光り
モツアルトの光り
午後一時の鳩時計
ウエイトレスの白いエプロンの光り
ぼくは手紙を書こうと思い立つ

春の海　2

岬は
伸ばした二つの腕のなかに
海を　やさしく抱いている
だから
海は
すこやかな赤ちゃんのように
やすらかな　寝息をたてている

雲のあいだから

若い太陽が
あたたかな目《ま》なざしを送っている——

短詩三篇

Ⅰ

春一番が吹きあれると
ほんとうに春がきたと思います
日本列島が　生きた魚のようにはねる感じです

Ⅱ

海の見える丘で　車を停めました

水平線が　とおく円の弧を描いています
大きな地球の
おなかを見たようです

Ⅲ

自転車に乗って
シェパードを散歩させている少女
見ていると
犬の方が彼女を散歩させているようです

葉桜

桜の季節ほど
時の流れを感じさせるときはない

咲くのを待っていたつぼみが
いっせいに花咲いた
まさに春らんまん
と思っているうちに
花は散りはじめる
やがて　気がつくと

いちめん緑の葉桜になっている
この速い時の流れのなかで
自分は　ふさわしい何をしてきたか
しきりに　自分を問う
もうひとりの自分を感じている

花火

沈黙のなかから満ちたかまり
ふいに花開く　虹色の感情――
（それは　天空に咲いたあじさいのようだ）

輝きのあとは
かえって夜の深さが増す――

消えてしまっても
あるいは　消えてしまうから

この
夜空にひろがった幻のような愛が
いつまでも
心のなかで消えることなく　咲きつづけるのか
（やがてそれが青春の思い出になってしまおうとも……）

ほたる

山の温泉にて

村のはずれで
バスを降りたときは
日は暮れていた

灯《ひ》のない　小径《こみち》をまがって
蓬《よもぎ》のあいだの　坂道をおりていく

渓川《たにがわ》の音が　きこえ
わずかに　田の面《も》がかがやいてみえた

わたしの視界を
光るものが　ゆるやかによぎった
それは　ほたる
緑いろに息づくように　明るさをかえていた
ほたるが消えたあとの闇で
渓川の音が　ひときわたかまった
やがて　温泉が見えてきた

ダイビング

ぼくは飛び上がり
逆さに空に向かって落ちる
暑さが　ものすごい速度で遠のき
そのまま　息をつめて　ぼくは海底にもぐりこむ
美しい鰭《ひれ》の魚が光る
縞《しま》になった冷たい透明な光の群から
ふいに　ぼくは浮き上がる
まぶしい
白銀《しろがね》色の太陽がいくつも　ぼくの瞼《まぶた》できらめく

水平なぼくの腕は
つぎつぎにおそいかかるおおきな夢のようなものを乗りこえ
ぼくの若さは　水の抵抗を蹴《け》る
見上げると
目《ま》のあたり　湧きあがる巨大な積乱雲だ

夏

樹と樹の会話は
おそろしい早口だ
きき耳をたてても　ききとれない

ぼくは見ることをやめて
幹にもたれる
羽虫のかすかな音
閉じた瞼《まぶた》のなかにまで
あかるさが　あふれる

やがて揺れていたぼくのからだが
揺れさだまり
ぼくは　樹の一部になってしまう
ぼくは　空や　風にじかにふれている

ほんとうの世界は
すてきな世界だ　と
ぼくは　声に出して言ってみる——

秋

1

山の奥の
人の住まないところで
祭りがある

しずかに
美しい巫女《みこ》が
火のように
神楽舞《かぐらまい》を　舞っている

やがて
北風が
笛のように　鳴るだろう

あかるい　きょう
小春日和《こはるびより》のいちにち……

山の奥の
人の住まないところで
祭りがある

秋 2

どこから森は林に変ってしまうのだろう
差しかわす枝と枝のあいだ
おびただしい小鳥のように
落葉が舞いつづける
ふと　見上げると　まっ青な空が透けている

黙っていると　言葉が要《い》らなくなる
それは詩の行間にある　余白のようだ
裸身の事物が　眩《まぶ》しくかがやく

ぼくは
小さな野葡萄《のぶどう》を見つける
石の上に冷える一匹の蜥蜴《とかげ》を見つける
ぼくは
立ちどまって　掌《て》に
水のような光を掬《すく》ってみる——

秋　3

樹木のこころはしずかだ
後ろにまわっても
樹木は答えてはくれない
明るい落葉が　鳴っているだけ

季節を間違えた蝶のように
浮きあがってくる追憶を
ぼくは　手をあげて払いのけようとする

すると　それが合図のように
ぼくの背後から
音立てて　モズが飛び立つ

が　それっきり
秋は
ふたたび金いろの沈黙のなか――

秋　4

目をこらすと
深い湖では
昼でも　星が見えるのだ　と
そんな想いで
湖面をみつめている
すると何か生きものの影が
すばやく湖面をやぶる

空を

魚が泳いでいるのだ

秋 5

秋になると　空が急に深くなります
あれは　雨が
空の見えないガラス窓をみがくからです
まっ白い　雲のハンカチで

銀河

銀河の中心に白鳥が泳いでいる
秋の星座は　静かな祭りです
耳を澄ますと　笛の音がきこえませんか

栗の実

並んだ栗の実の粒々は
巣のなかから
飛び立とうとする
小鳥のヒナたちのようだ
いま
きみたちは
やさしく　護《まも》られ
やがて
大きな運命の手にゆだねられるまで

まどろんでいる

この
輝やく　すこやかな　神の作品に
わたしは息をのむ

新雪

蔵《ざ》王《おう》高原にて

みわたすかぎり
純白の
スケッチブックを開いたようだ

ぼくは　子供が
不器用に色鉛筆を使うように
思いきって　でたらめに　歩いてみる

まぶしすぎて

何も見えない

光と光のおしゃべりをきき
光の大きな笑い声をきく

かじかんだ　ぼくの手は
裸木《らぼく》の枝のようだが
若い樹液の　のぼってくるのが
よくわかる

山小屋だより

朝　目を覚ますと
まぶしさに　びっくりします
窓から見るかぎり
白紙のような雪のひろがりです

雪のうえに
縦横に書かれた
楔形《くさびがた》文字の足あと

《あれは雉子《きじ》か？　山鳩か？》

《あそこに
全音符をちらしているのは
あれは　たしか　野兎《のうさぎ》です》

空は　青いガラスのように
張りつめています

雪道

風が　空を磨いているから
あんなに
青く晴れているのだ

ぼくも
裸木《らぼく》のように
風に撓《しな》いながら
雪道を歩く

大地は
一枚の
まぶしい白紙だ
反対に
ぼくの眼は暗く盲《めし》いてしまう

ぼくは
いっぱい固い蕾《つぼみ》をつけた
樹木になったように
いのちの
ふしぎな鼓動を聞く

こころに映るもの

噴水 2

噴水は　いつまで見ても
見飽きない

まっすぐひとすじにのびあがり
のぼりつめるあたり
弓なりに仰向いて
やがて力をぬいて　落ちていく

青空と樹立《こだち》を背に

水はつねに入れかわっている
まるで無常なのだが
いかにも確からしく
ひとつの形を保っている

それは
こうして見ているわたし自身とおなじに
不思議な力に　支えられているのだ

公園にて　3

石を投げて
しばらくすると池の面《おもて》はしずまるように
ひとのこころの波立ちも
わずかな時を待ちさえすれば
しずかな水の輝きや
若葉のおとす影が　もどってくるだろう

——そして　いつか夕暮
色づいた藤色の雲が　心を洗っていくだろう
やがて　ぼくも立ち去る
そこだけわずかに明るい池の端から
こんどは　石を
さきほど憩《やす》んだベンチに置き忘れたまま

あるとき　2

こんな静かなところが
東京のどまんなかにある

車が来ない
人気《ひとけ》のない塀沿いの屋敷町
沈丁花《じんちょうげ》の匂いを感ずる

ピアノのレッスンがきこえる
と

ぼくの前を三輪車の子供が横切る
この子は
見知らぬぼくにふりかえって笑いかける

暖かい陽ざしに
パッと咲いたタンポポのように
この子は
嬉しくてしようがないのだ

夕暮

だれかが立ち去ったばかりだ
ひといない公園の
ぶらんこが揺れている

噴水の光はまだ明るい
逆光に透きとおる樹々の若葉
息をつめたような静かさのなか
ぶらんこが　揺れている

動かない空間のなか
くりぬいたように　もうひとつの空間が
はずんでいる
そこだけ　開いた窓のように
風景は　ふしぎな内部を見せている

夕陽のなかに

子供たちが
一直線に
風景の中心を截《き》って走る
が　ぼくらは
風景の内側に入って行けない
時計の文字盤のように
風景の周辺を廻っている

見ることによって
ぼくらは空を失くした
小鳥の翔ぶ空や　雲の遊園地を

だから
子供と連れ立って歩くひとの影が

それだけ細長く
夕陽のなかにくっきりあとをひいて見える

画廊

硝子戸《ガラスど》を押すと
小さな世界がいっぱい並んでいる
世界のなかにある　もうひとつの世界
それは
開かれた窓のようにも
空にのぼっていく階段のようにも見える
そこには
果物のような月や　猫
ブランコの上の青い魚など――

静かなひろがりのなかにぼくを連れていく
この濃縮された時間のなかで
ぼくはしばらく憩《やす》む
やがて　ぼくは
長い旅から帰ってきたように
もういちど硝子戸を押して
日常の世界のなかに　歩み入るのだ

部屋

ぼくのまえに
花のない花瓶や　鉛筆や
本を積み重ねた机がある

だれもいない部屋で
ぼくが寝椅子に横になっていると
物たちの仲間になる
じっとしていると
彼らの喋《しゃべ》っている声がきこえる

が
ぼくは　窓を開けるために　立ち上る
すると　物たちは沈黙する
急に　死んだふりをする

物たちが　また話をはじめるのは
ぼくが　戸外の樹木に見とれていたり
我を忘れて　本を読んでいるときだ

顔

石膏《せっこう》のなかに
白く塗りこめられているのは
あの高名な音楽家の死面《デスマスク》だ
きこえない耳で
何かを必死に聴きとろうとしている
苦痛に耐えているような顔である
が　光の当り具合が変わると
それは　あの歓喜の歌を創った者の
みちたりた恍惚《こうこつ》の表情のようにも

見える
その顔は
わたしの前に在《あ》り在《あ》りと現前《げんぜん》しながら
地上を飛び立った鳥の
ふと　落とした小さな影にすぎない
ようにも見える
わたしは　やがて
すきとおった青空だけを見ている
ような気になってくる

鳥

すこし　頸《くび》をまげて
輪郭を　はみだすまで
色を塗っている　この子

その絵は　深海魚のようにも
空とぶ円盤のようにも
大きな　虹のようにも見える

が　ぼくには

ふと　この少年の後姿が
とび立とうとする
若い鳥のかたちに見える

不可逆な未来に
羽搏《はばた》こうとする鳥の
幼なくひきしまった口もとのように
ふしぎに孤独なこの子の　明るい肩の線に……

翔《と》ぶ

《翔べ》とその声は言った
かれは端まで行った
下をのぞいた
風が　はげしく顔を打つ
眼を閉じて
身をすくめる

ふたたび　声は言った
《翔べ》と

気がつくと　かれは
すでに空間に身を乗りだしていた

浮かんだ
ひきしまったからだの感覚が
はじめての　するどいよろこびを生む
見下ろす野原が
自分にむかってせり上ってくる
が　上昇気流がやさしくかれを支える
今や　力強い未知の自分が
ほんとうの自分だということを彼は知る
青空や　風と自分がひとつのものであることを……

願い

そのひとが
いるだけでいい
そのまま
何をしていてもいい
ただ　受け容れる

そんな
人と人との結びつきが
できないものか

そのひとのよろこびが
そのひとのかなしみが
じぶんのこととおなじように
痛切に感じられる

そのひとの　そのままのありかたが
限りなくとうといものに思える

そんな
人と人との結びつきが
できないものか

会話

君とぼくとの間で
言葉が積み重ねられる
言葉は
心と心の通路のようにも
また　それをさまたげる
ブロックの塀のようにも見える

ぼくは願う
言葉が

心をひらく扉となるように
その扉をほんとうにひらくように　と

ほんとうのことを言いたい
ほんとうのことをききたい

ふっと
言葉がとぎれると
ふいに　まぎれもない君が顔を出す
まるで　はじめてのような顔を……

真珠

わたしの掌《て》の上に
遠い海の夕映えのように
ひとつの真珠が　光る

真珠は
貝が傷を療《いや》すために
形造られるのだという

わたしたちの経験も

すべてわたしたちを豊かにするためにあるのだ
たとえそれが悲しみの傷であっても
いのちは
いま
掌のうえで完璧な虹のように炎《も》えている

旅の日に

はるか　なだらかな牧場《まきば》がつづいて
とおく　山脈《やまなみ》は地平に睡《ねむ》り
ほのぼのと　明るい白雲が浮んでいる

幼い日のゆめのなかで
どんなにか　それを望んだことだろう
どんなにか　それを胸に描いたことだろう

しかし

嚙んだ梅の青い実を投げ棄てて
何が私に教えたのか　風よ
景色はつねに遠のいてゆくことを
そして「今」に画《ひ》かれた路程《みちのり》の遠さを

ああ　私に告げてくれ　風よ
いま　いちめんの青さを擾《みだ》して
この新しいおののきは何処《どこ》から起るかを

II

詩作の世界へ

詩作者としての私

若き日のこと

いまは八十代半ばを過ぎた私は、十年を過ごしたブラジルから平成十三年に帰国して、生地である宮城の、森の中に住んでいる。見る限り、樹木とその向こうは空である。

私は大正十三年（一九二四）、仙台に生まれた。八歳の時、実の母が肺結核で亡くなり、父は再婚した。その後私は、上野さんという中学校の校長の養子になって白石に移ったあと、父方の叔母のいる渋谷家の養子になり、小学校の終りから中学校時代までを、樺太で過ごすことになった。家は雑貨店をやっており、私は犬ぞりに乗って満月の寒い夜の下、品物の配達をしたりした。

子供の目で見た樺太の、畏怖《いふ》を感じるような自然の風景はいまも忘れられない。森や野原で、野生の果物や木の実を、少年時代の私はおやつがわりに食べていたものだ。いまでも、野の道に桑の実が熟しているとつい手を伸ばして食べたりする。

詩人の宮沢賢治は、私が生まれる前年の大正十二年に樺太を訪れ、早世した妹のとし子に寄せた「樺太鉄道」「オホーツク挽歌」などの多くの詩を詠《よ》んでいる。「樺太鉄道」の一節には、大きな山に桃いろの日光がそそぐ情景を、

「すべて天上技師 Nature 氏の　ごく斬新な設計だ」

と歌った一節があるが、賢治が「天上の技師の設計」とたたえた自然の不思議さを、私自身も詩にうたっていくことになる。

子供のころ私が最初に詩をつくったのは小学二年の時だったと思う。国語の先生に自由詩というものを教えられて、「ゆうがたちかくなった　ごはんのこげるにおいがする」という詩を書いて、非常にほめられた記憶がある。今でいう生活

詩のようなものだ。

勉強ばかりに明け暮れた中学時代が過ぎ、樺太から養父母より先に戻った私は、昭和十六年、仙台の二高（三年制の旧制高校）に進んだ。実家を下宿がわりにして通学したが、寮生活も経験し、私はそこで知り合った先輩や同期生と、人生論や文学論を語り合い、多くの刺激を受けた。当時の高校生は物質的価値より、精神的価値をはるかに真剣に求めていた。実家にあった文学全集だけでなく、哲学書や宗教書を、心の求めるまま読んでいった。

また、私の継母は歌人で、その作品が、戦前の日本を代表する女性歌人であった与謝野晶子に「万葉の歌人にも比すべきすぐれた作品である」と評価されたほどの人だったから、実家には歌集や歌誌がいっぱいあり、それらをこの時期に読んだのが、詩歌との本格的な出会いだったと思う。その後も私は、正岡子規や伊藤左千夫などの短歌に親しんだ。

短歌や俳句もつくっていたが、先輩に詩集を借りて読んだり、自分でも書いたりしているうち、私は詩の世界に魅せられていった。そして仙台にあった詩のグループに入って活動するようになる。私の書いた詩が生まれてはじめて活字になったのは、二高に入学した翌年の八月、『亜寒帯』という詩の同人誌だった。その時の詩が、本書にも収めた「旅の日に」（一九八ページ）であり、いまでも気に入っている。

これを機に私は詩やエッセイを書くようになり、詩を愛する多くの仲間との交流も深まっていった。私が友人たちから「詩人」の尊称を頂戴したのは、この頃のことである。

私のエッセイ集『光の国から』にも書いたが、二十歳になって私は肺結核にかかった。生きることの意味を痛切に求めていた時に、ちょうど仙台に来られた生長の家創始者・谷口雅春先生のご講演を聴く機会があり、先生の著書『生命の實相』を読むことで病から癒え、それまで不和であった実家の両親と和解でき、その母から生まれた私の弟と妹も肺結核から癒えるという奇跡的な体験をしている。

さらに、昭和二十年七月の仙台大空襲の時には、疎開でバラバラに暮らしてはいたが、家族の皆が生長の家の瞑想法である神想観を行じていたからか、私の実家が、不思議なことに周囲で一軒だけ焼け残っていたという出来事もあった。

『生命の實相』との出会いとほぼ同時に、私は多くの心霊研究に関する書を読むようになり、詩人・英文学者で心霊研究にも造詣《ぞうけい》の深かった土井晩翠《ばんすい》先生（「荒城の月」の作詞者）や、のちには超能力の研究で有名な福来友吉《ふくらいともきち》博士にじかに学ぶことができた。そこで得た知識は私に、この世界の背後には本当に存在する世界があり、目に見える世界はその投影なのだということを確信させた。

戦争末期の私たち学生の心は無常観でいっぱいだった。若いみそらで、本当に年寄りみたいに、死ぬということを見つめて生活していた。

私は、三人の兄たちが理系に進んでいたし、養父からの強いすすめもあって理科の学生になっていた。国の方針として理系の学生はさいわい兵隊には取られなかったが、詩の仲間だった先輩にも召集令状が来るようになり、「俺は兵隊に行ってどうせ死ぬんだけど、君はポエット（詩人）になれる。だから頑張れ」という強い励ましを受けたりもした。

私は詩人になって、この無常な世界の向こうに常住の世界があることを、言葉で表現していきたいという思いを抱いた。それは戦後すぐの価値観の転倒と混乱の中でも、揺らぐことのない思いだった。

高校時代から大学時代にかけて私が影響を受け愛読した詩人は、最初は萩原朔《はぎわらさく》太郎《たろう》、のちには立原道造、北原白秋、高村光太郎、伊東静雄、八木重吉、タゴール、リルケなどであった。

高村光太郎氏は終戦直前に、宮沢賢治の弟の清六《せいろく》さんの紹介で花巻郊外の山中に移り住んで来られていた。私たちが同人誌を送呈すると、高村さんはお礼に「これからは君たち若い人たちの時代だから、大いに頑張りなさい」というような励ましのハガキをくださった。宮沢清六さんからは戦後、私が仲間たちとつくった同人誌のために、賢治直筆の「樹氷」という文字を誌名として頂いた。

昭和十九年に二高を卒業した私は、終戦前後の混乱をへて、昭和二十一年、二十三歳の時に東北大学に入った（最初は工学部、のちに経済学部に移る）。文芸部の顧問はフランス文学者の桑原武夫先生で、皆で先生の部屋に集っては熱く文学論や詩論を語った。桑原先生はいろんな詩人と交流があって、三好達治とか丸山薫とかいうような高名な詩人たちが、先生のお宅に泊まったりした。私たち学生も押しかけて行って、いろいろお話を聴いたものである。

三年生の時『東北文学』という月刊の総合文芸誌に私の詩が掲載され、はじめて商業誌に自分の作品が載った時の嬉しさはいまも忘れられない。大学の仲間で、詩の講演会をやったりしたこともあり、近くの短大の女子学生も聴きに来てくれた。その中に、昭和二十九年に結婚したいまの私の妻もいた。

昭和二十四年、大学を卒業した二十六歳の私は、最初は仙台のＮＨＫを接収して活動していた進駐軍の検閲局のためのニュース翻訳の仕事についた。この仕事がなくなると、次には進駐軍の英字新聞などを印刷していた地元の印刷会社に就職し、そこが中央の大手の印刷会社に吸収されたあとも、十年以上勤めることになる。

私を訪れた、ある体験

その後も多くの同人誌に詩を書きついでいったが、私の魂は、私が望んでいたようには成長をとげていかなかった。

先に述べたように『生命の實相』との出会いは私の病を癒し、また神想観や、聖経の読誦《とくじゅ》も続けていたが、自分のいのちと、自然のいのち、神のいのちがみな一つであるという、心からの「実感」を得ることができないでいた。また私は、とても自分は生長の家の説く「人間神の子」のような浄らかな存在などとは言えないという、汚れの意識から解放されることがなかった。

そんな私の上に、ある不思議な体験が訪れたのが、忘れもしない昭和三十三年のある初秋のことである。私は三十五歳になっていた。

私は神想観実修のあと、大学の構内の道を歩いていた。するとなぜか、急にすがすがしく洗われるような気持になった。

そのとき私は、不思議なことに、〝自分の後ろの方にもう一人自分がいる〟ということに気がついた。その数歩後ろにいる自分が、この歩いている自分を上から優しくじっと見つめているような、ちょうど歩き出した子供を見守る母親のように、愛情と気づかいの気持でじいっと見守ってくれている、そんな感じがした。その瞬間、はっと気がついた。歩いている私はほんとうの私ではなく、ほんとうの私は、見守っている方の私になっていた。

私と、私が見ているまわりの世界は別々のものではなくて、私の中に木もあり、草もあり、山も青空も雲もあり、一切の広がるものが私のうちにあることを感じた。私はそばにある木を見た。木は、私が知っている、過去からずっとある古い木ではなかった。ちょうど映画のフィルムのコマのように、一瞬、一瞬、何もないところから、はじめての姿で現れては消え、現れては消え続けていた。物質はない。しかし、そのつど、そこに聖なる存在として、木や空や山々が贈りもののように立ち現れるのだった。

私もまた、過去からの悩める私ではなかった。私は一瞬一瞬死に、一瞬一瞬そこに新たに生まれていた。すべてが炎のようにきらめき、そこに在るということに、私は言いようのない感謝と浄らかな気持をおぼえた。すべてのものは祝福され、愛されて、この世界に在らしめられている。古い我《が》の殻はこなごなに砕け、いま、はじめての祝福された私が、道を歩いていた。

この、「物質はない」と同時に、現象の向こう側には、光に満たされた実在の世界があることを実感した出来事は、私がその後印刷会社を辞して、昭和三十七年に東京の生長の家本部に奉職し、さらなる真理の探究に向かわせる転機となった。またそれと同時に、私のその後の詩作の精神的な基盤ともなった。

この体験は、世界や自然についての私のそれまでの見方をすっかり変えてしまったし、その後もたびたび、同様の体験が私を訪れたのだった。そこから私が自分なりに発見し、詩作の上に活かし続けていることをいくつかお話ししたい。

「見る」ということの発見

まず私は、「ものが見える」ということのより深い意味がわかるようになったのではないかという気がする。

「見る」とはどういうことだろう。ふつうは、「見る私」というものがあって、「見られる対象」があるということだ。その対象というのは、きれいな景色でもいいし、身近な物でも、他の人間でもいいのだが、それを言葉を使って描写する。

ただそれだけでも詩になるのかもしれないが、ほんとうは「見る私」も「見られる対象」も、ともにいのちを持っており、生きた存在だ。

私の好きな山村暮鳥《ぼちょう》（一八八四―一九二四）という詩人の最後の詩集『雲』に、「りんご」「赤い林檎《りんご》」という二つの詩がある。

りんご

両手をどんなに
大きく大きく
ひろげても
かかへきれないこの気持
林檎が一つ

日あたりにころがつてゐる

赤い林檎

林檎をしみじみみてゐると
だんだん自分も林檎になる

農家の縁側でもあろうか、ふと詩人が通りかかって、息をのんだ。日あたりにころがっているリンゴ。その完璧な美しさ、不思議さ。あたりまえに私たちが見過してしまうものに、詩人は心をとめる。発見する。そこにある不思議な天からの贈りもののようなもの。赤く、つややかに光り、呼吸しているような感じ。しかも、さりげなくころがっている。だから、リンゴを見つめていると、自分のいのちと、リンゴのいのちと、ひとつのものに思えてくる………。
暮鳥は十六歳で郷里の群馬県で代用教員となり、後にクリスチャンとなり、下級牧師として東北地方を伝道した。童心の中に一筋、宗教心が貫いている。

谷口雅春先生は『新版　幸福生活論』（日本教文社刊）の「物質無と芸術」という章で、「芸術と云《い》うものは、生命を捉えて生命で描《か》いたものである」と述べておられる。たとえば、畑でできた茄子《なす》そのものよりも、すぐれた画家が「茄子の生命を直接把握して、それをそのまま表現する」ならば、その「絵に描《か》いた茄子こそ本当の茄子なのである」というのである。

すばらしい茄子の絵を見て感動した人は、物質としての「茄子」を鑑賞しているのではなく、その画家が出会い、つかんだ「茄子のいのち」を、ふたたび体験しているわけである。

日常生活の中でもふと私には、自分がふと目にした物や、人が、まるでこの宇宙にはじめて生まれてきたかのような、不思議な初々しさと豊かさをもって見えることがある。それを知ったよろこびや感動を日々、言葉に表現していくことが、私にとっての詩になっていった。

「無心」ということ

先のような体験をした時の私は、何の考え事もせず、すがすがしい気分で、ただ無心のうちに道を歩いていた。ちょうど空《から》の器のように心が鎮《しず》まった時、はじめて世界は、自然は、ほんとうの姿を現し、私も自然の内側に入って行くことができた。

これは頭を使った努力ではなくて、すなおに心の耳を傾けるような態度である。

画家の東山魁夷《かいい》氏は、ある対談集の中でこう語っている、

「……いい絵を描こうなどという気持ちで旅をしていても、自然はちっともいい表情を見せてくれないものです。

無心になって、自然のなかの生命の現れを感ずるとき、すばらしい表情を見せてくれるような気がいたします。……

無心になって、自然と自分とは根が同じだと感じられるようになったとき、とらわれていた自我から解放されて自然と一体になるように思います」

（丸田芳郎『心の時代』日本経済新聞社刊）

また、詩人のウィリアム・ブレイクは、「知覚の扉が澄み切っていれば、すべての事物はあるがままの無限のすがたで現れる」と書いている。

五感をしずかに澄み切らせて、まわりの世界と新たに出会うとき、世界と私たちの心とは境目がなくなり、私たちの心は延び広がる。そこには心洗われるようなよろこびがある。

私はその新鮮なよろこびを誰かに伝えようと思う。その思いが、一篇の詩として形をなしてくるのである。

「一期一会」と「永遠」

詩人ウィリアム・ブレイクは、もうひとつこんな有名な詩句を残している。

「一粒の砂に　一つの世界を　一輪の野の花に　一つの天国を見　掌《てのひら》に無限を

一時《ひととき》のうちに永遠をとらえる」

この世界は、新しい一瞬一瞬の連続であって、私たちが出会う美しい野の花や、みごとな夕映えの風景、あるいは愛する家族とのひとときは、二度と、まったく同じ形では繰り返されることがない。それは、いつでも一期一会の出会いなのである。世界はその意味では無常なものだ。

しかしそうした一期一会の出会いのとき、私たちの忙しく動きまわっていた心は止まり、私たちは永遠をかいま見る。不思議なことだけれども、人が時を超えた永遠の世界を実感するのは、つねに二度とは戻らない「いま」という時間の中なのだ。

いま、自分がはじめて出会い、感動した世界のすがた。その感動を言葉や絵に表すのは簡単ではないけれども、感動は表現しないと自分の中だけで消えていってしまう。大げさかもしれないが、芸術の意味というのは、私たち一人一人がかいま見た永遠の世界の真実、善さ、美しさ（真善美）を、この世に「形」として表し、それを他の人々とわかち合っていくことにあるのではないだろうか。

詩をつくる人々のために

私は以前、『理想世界』という青年向きの月刊誌にあった「文芸欄」で、約七年にわたって読者の詩を選評し、いろいろな励ましや助言のことばを書いていた。本書に載せた私の詩や、この小論をお読みくださって、詩を書くことへの関心を持ってくださった方々のために、そうした助言のいくつかを紹介してみたい。

すべての詩はあなたの感動から生まれる

詩が生まれてくる源、それは、自分の魂を打ったおどろきや感動である。感動のない観念やスローガンのような言葉を連ねても、他者の心に響く詩にはならない。

「私の生活には感動がないから詩なんて書けない」という人がいるとしても、詩を書くことはできる。

日常の中で、私たちは小さなよろこびや美にほんとうは毎日出会っている。でも頭の中に泡立つ、せわしさや暗い思いがそれを忘れさせているのだ。

その日にあった嬉しかったこと、美しいものに出会ったこと、そんな小さくても心から感動したことを、忘れないように、簡単でいいから言葉にしてみる。メモでもいいから書きとめてみる。それが詩のはじまりになる。そしてだんだん私たちは、気づかなかった多くの美しさやよろこびに出会えるようになってくる。

次の詩は、小学六年生が書いたものだ。

六月

六年　深井陽子

道はなにげなく通りすぎてしまうことが多い。
でも今、この時。

この道を歩くのは一度だけ、
天から落ちる木もれ日を手にうけて、私は飲むまねをする。

「まあ、なにをしているの。」

友は笑って聞く。

この年の新しい光が、心にこもったようで私も明るく笑っている。


（小野精一『自然との対話――超感覚教育』〔『たま』復刊第十五号〕より）


子どもの心がなにげない日常の中で浄らかな「光」と出会い、一つになったよろこびが素直に書かれた、美しい詩だと思う。

私は、詩をつくるうえで、まず大切なのは「体験」ということだと思う。ほんとうに感ずるということ。他人が感ずるように感ずるのではなく、自分だけしか感じられないような感じ方。そこから、こうとしか言えないその人独自の詩が生まれてくるだろう。

価値ある生活と詩

生きていることのよろこびを心から感じられる時、私たちは「生きがい」があると言う。詩が感動の表現であるとすれば、ほんとうの感動は当然、生きがいの表現ということでもある。

詩が書けないという人は、自分の生活がほんとうの生きがいを持っているかどうかを反省する機会が与えられているのだとも言える。

自分のいまを見つめてみる。生活と内面を掘り下げる努力、そこにも詩の美しい水脈がある。正直に自分の言葉をつづっていく。詩を書くことによって自分の〝こころの位置〟を確かめることは、生きがいある人生を築いていくことに役立つ。たとえ苦しい体験でも、それを詩にすることは、その苦しみを客観化して、苦しみを克服する道を示してくれるかもしれない。詩はなにも遠いところではなく、私たち自身の生活の中にある。そして詩を書くことは私たちの生活を美しくしてくれる。

言葉を大切に用いること

絵や書と同じように、詩は誰にでもつくることはできるが、自分が感動したことが他の人々にもほんとうに伝わるように書くには、言葉を大切に用いることが必要だ。自分の書いた詩に愛情をもって、一つひとつの言葉に行きとどいた配慮をしよう。それは、画家が一筆一筆の色彩やタッチを大事にするのと同じことである。

置きかえられない言葉が見つかるまでは、言葉は「ない」方がいいこともある。一言ですべてを言いつくせる、ということだってある。作者が書く対象それ自身と一つになったとき（その瞬間はきっと訪れる）、はじめて詩の言葉が生まれてくるものだ。

言葉に酔っぱらったり、既存のイメージによりかかったりしないで、自分の心から生まれた正しい言葉、もっとやわらかい「自分の言葉」を発見していこう。「美しい」「すばらしい」などという形容詞をむやみに使うのは、たいへん危険だ。なぜなら、詩とは、その「美しさ」「すばらしさ」を、二度とふたたび再現されない、個々の場面と時に即して歌うものだからである。

いわゆる「詩的」な、美しい言葉を使わなくてもいいのである。〝美しい言葉〟というのは、「バラの花」や「天使」や「夕焼け」「月の光」などといった特定の決まった言葉のことではない。感動をまっすぐに伝えるふさわしい言葉こそが、〝美しい言葉〟なのだ。

よく詩をつくるとき、実際の感動以上に言葉で飾る人がいるけれども、そういう誇張は読む人からすれば、なにか白々しい感じがして逆効果になる。むしろ言葉づらは、そっけないような白木の板のような感じが、かえって読む人の内面に働きかけて、すぐれた効果を生みだす。しかし効果というものは結果なので、詩を書く場合には、そんなことを考える必要もないのである。

使い古されたできあいの言葉に自分の情感を流し込んでしまうのではなく、正直に自分の心を刻み込むような言葉を探すことだ。そうしているうちに、ぐるっと立場が一回転して、言葉のほうに選ばれる（言葉がやってくる）ような時がくるだろう。それは、あなたがはじめて創《つく》りだした言葉である。

詩の言葉は、樹木の中に、電車の中に、祈りの中に、そして、あなたの日々の行いの中に生きていて、あなたに見つけられるのを待っている。

あれもこれも歌おうとしない

一篇の詩に盛り込むべき内容について。あれもこれも歌おうとすると、焦点が定まらず力がなくなってしまう。言いたいことがいろいろあっても、詩のテーマにふさわしいものに限るとき、言葉は力強くなる。

まえに述べたように、詩には実感ということがもっとも大切なので、ほんとうに感じたことだけを表現すれば、そこに訴える力が出てくる。

詩のタイトルについて

詩はタイトルも重要な内容の一部なので、単なる名前なのではない。タイトルを見たとき、読者は、そのタイトルの語る何らかのイメージを心に抱いて、第一行を読む準備をするだろう。それは、音楽の最初のメロディーのようなものだ。

書きつづけていくこと、推敲《すいこう》すること

詩は、書きつづけていくことによって、表現力が増し、感覚もするどくなり、物事を正しく、感動的に把握する力が出てくる。だから、やはりつづけて書いていくことが大切である。それから一度書いた作品を、少しあたためておいて、しばらくしてから見直すこと。すると作品の欠点や、どこを直したらよいとかいうことに気がつくものだ。

書いた当初は、自分の感動じたいが生々しいので、はたして「言葉」としてそれがちゃんと表されているかどうか、わからないものだ。だから、何篇か書いて、しばらくして、推敲したり、誰かに読んでもらったりしてみるといい。よい作品とは、作者をはなれても一人立ちできる作品である。

書きつづけることによって、自分というものを見つめ、広げ、そして自分の未熟さを知り……それでいいのである。不完全の中にこそ、進歩があるのだから。

むすび――自分が神のような創造者になって

詩とは一瞬一瞬のあなたの魂の燃焼、心をこめた体験が形に表現されたもの。言葉で言葉を超えた世界を拓《ひら》いていく、祝福された営み。

詩の心はやわらかく、すがすがしく、いつまでも若々しく、しかも勁《つよ》い心。肉体の限界を超えて、無限なるものと一つになる、明るくひろがる心。

すでに何篇か詩を書いた人ならおわかりになると思うが、実際、一番楽しいのは、今まさに詩を書いている時なのである。自分が神のような創造者になって、まっ白い紙の上に、新しい世界を造っていく――その世界は、光と調和にみちた、美しい理念を映した世界だ。

詩を書くことで、あなたの見るもの、聞くもの、ふれるものが、新しい生命に輝いてくるだろう。

あとがき

私がいま住んでいるのは薬莱山《やくらい》のふもとの加美町《かみまち》である。薬莱山は宮城県北西部にある加美富士ともいわれる優美な山である。私は若い頃は山がどうであろうと、自分の生活や考え方とは何の関係もない、と思っていた。しかし田舎に住むと、毎日眺めている山や川が自分にひどく身近に感じられるようになった。

私は以前、鳴瀬川に面した薬莱温泉に住んでいたことがあった。この温泉は、家内の弟が鳴瀬川の河畔をボーリングして湧きださせた温泉であった。湯質も良く体が温まった。

入浴客も多かったが、そのほかに牛や馬が怪我した、と言って農家の人たちがお湯をもらいに来た。

温泉から見える川向うは一軒の家もなく、深い崖になっていて、雑木の間に、山櫻《やまざくら》や朴《ほお》の木、藤の花もあって、四季おりおり美しいところであった。

私は魚座だが、星占いに凝っていた友人が、水の近くに暮すのがよい運勢をひきよせる、と言い張った。

この温泉（やくらい温泉）は、加美町にある古い旅館の別館として営業していた。しかし私たちがブラジルに行っている間に、火事で焼失してしまった。

今の住いは加美町（旧中新田《なかにいだ》）の外れの小高い森の中にある。十数年前、ブラジルにいた間に建てた家だ。「芸術文化交流の里」と銘うって町が誘致に力を入れたところである。現在そこの住人は、日経のＯＢ、ＮＨＫのＯＢなどが別荘を建てて住んでいる。しかし常住するのは私たちのほかは数軒だけである。私の家の近くに、自然公園の里という看板がある。しかしその側《そば》には「熊の出没注意」という警告が張り出されている。

私の詩には林や森や鳥たち、そしてけものたちが登場する。それには自然環境が影響を与えているようだ。冬になると雪の上に小さなけものたちの足跡がくっきり残される。大きさからいって犬や猫ではない。リスやイタチ、ムササビなどが木の洞《うろ》に棲んでいるのだ。彼らはドングリなどをあさって冬場を凌《しの》いでいる。
私の家の住人は、私と家内のほかに犬が二匹である。これを二人と呼んだら、家内に叱られた。しかし犬たちは人《ヒト》と呼びたくなるほど存在感がある。樹木と共存するわが家は、犬を連れて散歩するには恰好《かっこう》の場所である。家の窓から薬莱山を見渡すことができる。しかし不平を言うわけではないが、住んでみておどろいた。あたりに店というものがないのだ。家内は車を運転するからいいが、私はドライブなどできない。街まで歩けば五十分はかかるのである。

山路来て何やらゆかしすみれ草

と芭蕉のまねごとを言ってみても、腹がふくれるわけではない。仕方がないので大抵は鳴瀬川に近いところにある知人の家を借りて住んでいることの方が多い。本宅が別荘になり、別荘が本宅になってしまった。

三十年ほど前、私は鳴瀬川の源流を歩いたことがあった。そこから先は人ッ子一人いない清冽《せいれつ》な流れであった。この源流は魚取沼《ゆとりぬま》といって、天然記念物である鉄魚が発見された場所である。私は流れにしゃがんで、手で水を掬《すく》って飲んだ。なんという冷たさ。それは何とも言えぬうまさであった。川の向う岸には、黄色い山吹の花が咲いていた。

今回の出版ができたのは、生長の家本部と日本教文社の御愛念による。編集を担当した日本教文社の田中晴夫氏には大変お世話になった。記して感謝の意を表したい。

平成二十二年十二月二日

渋谷 晴雄

詩集《ししゅう》　光《ひかり》の四季《しき》

平成23年２月５日　初版第１刷発行

著　　者　渋谷晴雄《しぶやはるお》
発 行 者　磯部和男
発 行 所　宗教法人「生長の家」
〒150-8672　東京都渋谷区神宮前1丁目23番30号
電話　03-3401-0131（代表）
http://www.jp.seicho-no-ie.org/
発 売 元　株式会社　日本教文社
〒107-8674　東京都港区赤坂9丁目6番44号
電話　03-3401-9111（代表）　03-3401-9114（編集）
FAX　03-3401-9118（編集）　03-3401-9139（営業）
http://www.kyobunsha.jp/
頒 布 所　財団法人　世界聖典普及協会
〒107-8691　東京都港区赤坂9丁目6番33号
電話　03-3403-1501（代表）　FAX　03-3403-8439
http://www.ssfk.or.jp/
印刷・製本　凸版印刷
装　　幀　クリエイティブ・コンセプト

本書（本文）の紙は植林木を原料とし、無塩素漂白（ECF）でつくられています。また、印刷インクに大豆油インク（ソイインク）を使用することで、環境に配慮した本造りを行っています。

落丁・乱丁本はお取り換えいたします。
定価はカバーに表示してあります。

ISBN978-4-531-06411-3